HÉSIODE ÉDITIONS

ARTHUR CONAN DOYLE

L'École du prieuré

Hésiode éditions

© Hésiode éditions.

1 rue Honoré - 93500 Pantin.
ISBN 978-2-38512-166-2
Dépôt légal : Janvier 2023

Impression Books on Demand GmbH

In de Tarpen 42
22848 Norderstedt, Allemagne

L'École du prieuré

Nous avons assisté à des entrées et à des sorties bien dramatiques, dans notre petit appartement de Baker Street, mais je ne me rappelle aucune apparition plus subite et plus extraordinaire que celle du Dr Thorneycroft Huxtable, maître ès arts, docteur en philosophie, etc… Sa carte de visite, trop petite pour contenir tous ses titres académiques, l'avait précédé de quelques secondes, puis il était entré avec une attitude si majestueuse, si pompeuse et si digne, qu'il semblait la personnification du sang-froid et de l'aplomb. Et pourtant, à peine la porte s'était-elle fermée derrière lui qu'il dut s'appuyer contre la table ; puis son long corps s'affaissa sur le sol et resta allongé sans connaissance sur notre peau d'ours.

Nous nous levons précipitamment ; pendant quelques instants, nous contemplons ce naufragé qu'un orage soudain et terrible venait d'atteindre au milieu de l'océan de la vie. Holmes lui place un coussin sous la tête, tandis que je porte à ses lèvres un verre de cognac. Les soucis avaient ridé son visage pâle, ses paupières énormes étaient entourées d'un cercle noirâtre, sa bouche édentée était douloureusement contractée ; ses joues grasses portaient une barbe de plusieurs jours. Sa chemise et son col dénotaient un long voyage et ses cheveux en désordre se dressaient sur sa tête. Cet homme avait, sans nul doute, été gravement atteint.

– Qu'est ceci, Watson ? demanda Holmes.

– Une faiblesse bien caractérisée due probablement à la faim et à la fatigue, répondis-je en lui tâtant le pouls et en constatant que le cours de la vie était chez lui bien faible.

– Voilà un billet de retour pour Makleton dans le nord de l'Angleterre, fit Holmes en le retirant de la poche du visiteur. Il n'est pas encore midi, il est donc parti de bon matin.

Les paupières du malade commençaient à remuer et ses yeux gris, encore vagues, se fixaient sur nous. Un instant après, il se relevait rouge de honte.

– Pardonnez-moi ma faiblesse, monsieur Holmes. Je suis complètement bouleversé. Si vous pouviez me donner un biscuit et un verre de lait, je crois que cela me remettrait. Je suis venu moi-même, monsieur Holmes, afin d'avoir la certitude de vous ramener avec moi. Nous avions peur qu'une dépêche ne pût vous convaincre de l'urgence de notre affaire.

– Quand vous serez tout à fait remis…

– Je vais bien maintenant ; je ne puis comprendre la cause de cette faiblesse. Je vous serai reconnaissant monsieur Holmes, de vouloir bien revenir avec moi à Makleton par le prochain train.

Mon ami secoua la tête.

– Mon collègue, le Dr Watson, pourra vous dire qu'en ce moment-ci nous sommes fort occupés. Je suis pris par l'affaire des documents de Fener et, de plus, l'assassinat d'Abergavenny va être prochainement jugé. Il faudrait une circonstance très grave pour me faire quitter Londres en ce moment.

– Une circonstance très grave !

Notre visiteur leva les bras au ciel.

– N'avez-vous donc pas entendu parler de l'enlèvement du fils unique du duc d'Holdennesse ?

– Comment ! l'ancien président du Conseil !

– Précisément. Nous avons essayé de cacher l'événement aux journaux, pourtant le Globe d'hier soir en a parlé et je pouvais croire que cette nouvelle serait parvenue à vos oreilles.

Holmes étendit le bras et prit dans sa bibliothèque le volume H de son encyclopédie :

– « Holdernesse, 6e duc, K G, P C... etc... tout l'alphabet est employé pour énumérer ses titres. Baron Beverley, comte de Carlton... Mon Dieu, quelle liste !... Lord lieutenant de Hallamshire depuis 1900. Épousa Edith, fille de sir Charles Appledore en 1888. Héritier présomptif et fils unique : lord Saltire. Propriétés d'une superficie de plus de deux cent cinquante mille acres. Possède des mines dans le Lancashire et le pays de Galles. Adresses : Carlston House Terrace – Holdernesse Hall, Hallamshire. – Château de Carlston à Bangor, pays de Galles. Lord de l'Amirauté 1872. Secrétaire d'État pour... Eh bien, il peut se vanter d'être un des sujets les plus importants de Sa Majesté !

– Le plus grand et peut-être le plus riche. Je sais, monsieur Holmes, que vous avez en haute estime votre profession et que vous travaillez par amour de l'art. Je dois vous dire, cependant, que Sa Grâce lord Holdernesse a promis un chèque de cinq mille livres à celui qui pourra lui faire connaître où se trouve son fils, et un autre de mille livres à celui qui pourra lui indiquer celui ou ceux qui l'ont enlevé.

– C'est une offre princière, dit Holmes. Je crois bien, Watson, que nous allons nous décider à accompagner le Dr Huxtable dans le nord de l'Angleterre. Et maintenant, docteur, quand vous aurez pris votre lait, vous aurez la bonté de me faire connaître quand et comment tout cela est arrivé, en quoi vous êtes mêlé à cet événement et, enfin, pourquoi vous avez attendu trois jours, ce que m'indique suffisamment l'état de votre barbe, pour venir me voir et me demander mon concours.

Notre visiteur eut bientôt bu son lait et mangé ses biscuits. Ses yeux avaient repris leur lucidité, les couleurs étaient revenues à ses joues et il exposa la situation avec la plus grande netteté.

– Je dois d'abord vous dire, messieurs, que le Prieuré est une école préparatoire, dont je suis à la fois le fondateur et le directeur. Mon livre des Aperçus sur Horace vous rappellera peut-être mon nom. Le Prieuré est, sans discussion, la meilleure et la plus « select » des écoles préparatoires de toute l'Angleterre. Lord Leverstoke, le comte de Blackwater, sir Cathcart Soames, tous, m'ont confié leurs fils. Mais j'ai senti que mon établissement était arrivé à son apogée quand, il y a trois semaines, le duc d'Holdernesse envoya M. James Wilder, son secrétaire, pour me dire que le jeune lord Saltire, âgé de dix ans, son fils unique et son héritier présomptif, allait être confié à mes soins. J'étais loin de penser que cette gloire serait le prélude du plus grand malheur de ma vie.

Le jeune lord arriva le 1er mai pour commencer le trimestre d'été. C'était un enfant charmant, qui ne tarda pas à se conformer aux habitudes de la maison. Je dois vous dire, sans vouloir être indiscret, mais uniquement parce que les demi-confidences sont hors de saison dans cette affaire, qu'il n'était pas très heureux chez lui. Tout le monde sait que, depuis son mariage, l'existence du duc a été peu tranquille, et qu'elle a abouti à une séparation par consentement mutuel entre lui et la duchesse, qui est allée habiter le midi de la France. Cet événement s'est produit il y a peu de temps, et les sympathies de l'enfant allaient plutôt vers sa mère. Après le départ de celle-ci, il fut en proie à un tel chagrin que, pour le lui faire oublier, son père se décida à me l'envoyer. Quinze jours après, notre jeune homme s'était complètement habitué et paraissait absolument heureux.

On ne l'a pas revu depuis la nuit du 13 mai, c'est-à-dire depuis lundi dernier. Sa chambre était située au second étage ; on y accède par un dortoir où couchent deux élèves. Ceux-ci n'ont rien vu ni entendu. Il est donc absolument certain que le jeune lord Saltire n'a pas pris ce chemin. Sa fenêtre était ouverte ; un énorme tronc de lierre conduit jusqu'au sol. Nous n'avons pu relever en bas aucune empreinte de pas, mais il est certain qu'il n'a pas pu s'enfuir par un autre moyen.

On a découvert son absence, mardi matin à sept heures. Son lit était défait. Il s'était entièrement habillé, avant de partir, de ses vêtements de classe : un complet noir d'uniforme avec un pantalon gris foncé. Rien n'indiquait qu'une personne se fût introduite dans la chambre, et il est certain que tout cri, tout bruit de lutte aurait été entendu, car Ganter, l'aîné des élèves qui couchent dans le dortoir voisin, a le sommeil très léger.

Quand la disparition de lord Saltire a été découverte, j'ai immédiatement, et dans tout l'établissement, fait l'appel des élèves, des professeurs et des domestiques. Alors seulement, nous avons eu la certitude que l'enfant n'était pas parti seul. Heidegger, professeur d'allemand, avait également disparu. Sa chambre était située au fond du bâtiment du deuxième étage et donnait du même côté que celle de lord Saltire. Son lit était également défait, mais il avait dû partir à demi habillé, car sa chemise et ses chaussettes étaient restées par terre. Sans nul doute, lui aussi, était descendu en glissant le long du lierre, car nous aperçûmes sur la pelouse l'empreinte de ses pieds. Sa bicyclette, qui se trouvait sous un hangar près de la pelouse, avait également disparu.

Heidegger était depuis deux ans dans mon établissement, et s'était présenté avec les meilleures références. C'était un homme silencieux, morose, peu aimé des élèves et de ses collègues. On ne put découvrir aucune trace des fugitifs, et aujourd'hui jeudi, nous n'en savons pas plus que mardi dernier. Naturellement, des recherches ont été faites aussitôt à Holdernesse Hall, qui se trouve seulement à quelques milles, car nous avions pensé qu'à la suite d'une crise de spleen il avait pu retourner chez son père ; mais on ne savait rien de ce côté.

Le duc est très inquiet, et quant à moi, vous avez pu vous rendre compte de l'état de prostration nerveuse où m'ont réduit à la fois l'attente et le sentiment de ma responsabilité. Monsieur Holmes, si jamais une énigme a pu vous passionner, je vous en supplie, déchiffrez celle-ci, car jamais vous n'aurez rencontré une cause plus digne de vous.

Sherlock Holmes avait écouté avec l'attention la plus soutenue, le récit de l'infortuné professeur. Ses sourcils froncés, séparés par une ride profonde, faisaient assez voir qu'il n'avait pas besoin qu'on insistât pour fixer son attention sur l'énigme qui, sans compter les bénéfices engagés dans sa solution, excitait au plus haut point l'intérêt qu'il portait en général aux mystères les plus complexes. Il prit son carnet et inscrivit quelques notes.

– Vous avez eu grand tort de n'être pas venu me trouver plus tôt, dit-il sévèrement. Vous me faites commencer mes recherches dans des conditions bien difficiles. Il est certain que l'examen du lierre et de la pelouse eût donné des résultats à un observateur scrupuleux.

– Ce n'est pas ma faute, monsieur Holmes. Sa Grâce tenait à éviter l'éclat d'un scandale, et ne voulait pas qu'on pût étaler aux yeux du monde ses ennuis domestiques, car elle a horreur du bruit autour de son nom.

– Cependant, il a bien dû y avoir une enquête officielle ?

– Oui, monsieur, elle nous a, d'ailleurs, complètement déçus. On avait découvert une piste ; un jeune homme, accompagné d'un enfant, était parti de la gare voisine, par un train du matin ; nous avons appris, seulement la nuit dernière, après avoir suivi le couple jusqu'à Liverpool, qu'à n'en pas douter, le fait n'avait aucun rapport avec notre affaire. Alors, en désespoir de cause, après avoir passé une nuit blanche, je suis venu vous trouver par le premier train.

– Sans doute, pendant qu'on suivait cette fausse piste, on avait abandonné les recherches sur les lieux ?

– Entièrement !

– Voilà donc trois jours de perdus. L'affaire a été déplorablement engagée.

– Je le sens bien.

– Et pourtant l'énigme doit être résolue, et je serais très heureux d'y arriver. Avez-vous pu établir quelques rapports entre l'enfant disparu et le professeur d'allemand ?

– Aucun.

– L'enfant était-il dans sa classe ?

– Non, et autant que je puis le savoir, il n'a jamais échangé une parole avec lui.

– C'est très singulier. L'enfant avait-il une bicyclette ?

– Non.

– Savez-vous s'il manque une autre bicyclette ?

– Non.

– C'est certain ?

– Absolument !

– Voyons, il est impossible d'admettre que le professeur d'allemand a pu s'enfuir à bicyclette au milieu de la nuit, emportant l'enfant dans ses bras.

– C'est évident !

– Alors, qu'en pensez-vous ?

– On a fait disparaître la bicyclette pour établir une fausse piste. Peut-être le couple l'a-t-il cachée quelque part et est-il parti à pied ?

– Évidemment, mais cela semble absurde. Y avait-il d'autres bicyclettes sous le hangar ?

– Oui, plusieurs.

– S'ils avaient voulu faire croire qu'ils étaient partis à bicyclette n'en auraient-ils pas caché deux au lieu d'une ?

– C'est à présumer.

– Naturellement, donc cette hypothèse ne tient pas. Mais il y a là le point de départ d'une enquête sérieuse. Après tout, une bicyclette n'est facile ni à cacher ni à détruire. Encore une question : ce jeune garçon a-t-il reçu une visite la veille de sa disparition ?

– Non.

– A-t-il reçu des lettres ?

– Oui, une seule.

– De qui ?

– De son père.

– Avez-vous l'habitude de décacheter les lettres de vos élèves ?

– Non.

– Comment savez-vous alors que cette lettre était de son père ?

– L'enveloppe portait ses armoiries, et l'adresse était de l'écriture du duc, qui d'ailleurs se rappelle avoir écrit à son fils.

– Avait-il reçu d'autres lettres auparavant ?

– Non, pas depuis plusieurs jours.

– En avait-il reçu de France ?

– Non, jamais.

– Bien entendu, vous voyez le but de mes questions : ou il a été enlevé de vive force, ou il est parti de bonne volonté. Dans ce dernier cas, il y avait certainement au dehors une personne pour l'encourager. S'il n'a pas eu de visite, l'encouragement n'a pu lui parvenir que par lettre. J'essaie donc de savoir qui a pu correspondre avec lui.

– Je crains bien de ne pouvoir vous aider ; à ma connaissance, il ne correspondait qu'avec son père.

– Ce dernier, dites-vous, lui a écrit le jour même de sa fuite. Les rapports entre le père et l'enfant étaient-ils bons ?

– Le duc ne témoigne guère d'affection à qui que ce soit ; il vit absorbé par la politique et semble inaccessible à tout sentiment. Cependant, il se montrait avec son fils affectueux à sa manière.

– Les sympathies de l'enfant se portaient vers sa mère ?

– Oui.

– Il vous l'a dit ?

– Non.

– Le duc ?

– Oh ! cela non !

– Comment donc le savez-vous ?

– M. James Wilder, le secrétaire du duc, que je connais un peu, m'a fait quelques confidences sur l'état d'esprit de lord Saltire.

– Je comprends. À propos, cette dernière lettre du duc, l'a-t-on trouvée dans la chambre de l'enfant après son départ ?

– Non, il l'avait emportée avec lui. Mais je crois bien, monsieur Holmes, qu'il est temps de nous mettre en route vers la gare d'Euston.

– Je vais commander une voiture. Dans un quart d'heure nous serons à votre disposition. Si vous envoyez une dépêche chez vous, laissez donc croire que les recherches marchent toujours du côté de Liverpool, où les imbéciles se sont lancés. En attendant, je travaillerai tranquillement près de chez vous, et peut-être la piste n'est-elle pas si éventée que deux vieux limiers comme Watson et moi ne puissions parvenir à la relever.

Le soir même nous respirions l'air frais du pays montagneux où était situé l'établissement du Dr Huxtable. Il faisait déjà nuit à notre arrivée. Une carte se trouvait sur la table du hall, et le factotum dit à voix basse quelques paroles à son maître, qui se tourna vers nous fort agité.

– Le duc est ici, dit-il ; le duc et M. Wilder sont dans mon cabinet ; venez, messieurs, qui je vous présente.

J'avais déjà vu plusieurs fois les photographies de cet homme d'État, mais sa ressemblance était loin d'être parfaite. Il était grand et majestueux, vêtu avec le plus grand soin ; sa figure était maigre et allongée, son nez démesurément long et recourbé, son teint était d'une pâleur de cire, que faisait ressortir le contraste d'une longue barbe rouge vif descendant sur son gilet blanc et au travers de laquelle étincelait sa chaîne de montre. Tel était le personnage, qui nous examina des pieds à la tête avec la plus grande froideur, tout en restant debout, le dos tourné à la cheminée de l'appartement. À côté de lui, se trouvait un jeune homme, qui était évidemment son secrétaire particulier, M. Wilder ; celui-ci était petit, nerveux, avec des yeux bleus très intelligents et une physionomie très mobile. Ce fut lui qui, d'un ton assuré et incisif, ouvrit le feu de la conversation.

– Je suis venu ce matin, docteur, mais trop tard pour vous empêcher de partir pour Londres. J'ai appris que vous aviez l'intention de charger de la direction de cette affaire M. Sherlock Holmes ; Monseigneur a été très surpris de vous voir prendre une pareille détermination sans la consulter.

– Quand j'ai appris que la police avait échoué…

– Monseigneur n'est nullement convaincu que la police ait échoué.

– Mais certainement, monsieur Wilder…

– Vous savez très bien que Monseigneur tient essentiellement à éviter le scandale, et par conséquent, ne veut mettre dans la confidence que le moins de personnes possible.

– L'affaire peut sans difficultés s'arranger, dit le malheureux docteur. M. Sherlock Holmes peut retourner à Londres par le train de demain matin.

– Non pas, docteur, non pas ! dit Holmes avec sa voix la plus douce. Ce climat du Nord est si vivifiant et si agréable que je me propose de passer quelques jours dans vos montagnes, et de m'y occuper du mieux que je pourrai. Vous déciderez si je dois m'installer sous votre toit ou dans une auberge du village.

Je vis bien que le pauvre docteur était très perplexe, lorsque la voix profonde du duc à la barbe rouge se fit entendre avec la sonorité d'un gong.

– Je pense, comme M. Wilder, que vous auriez bien fait de me consulter, docteur Huxtable, mais, puisque M. Holmes est déjà dans le secret, ce serait absurde de ne pas profiter de ses services. Au lieu d'aller à l'auberge, monsieur Holmes, je serai très heureux de vous voir descendre chez moi à Holdernesse Hall.

– Je remercie Monseigneur, mais pour faciliter mes recherches je crois que je ferai mieux de rester sur les lieux mêmes.

– Comme vous voudrez, monsieur Holmes. Nous vous donnerons, M. Wilder et moi, tous les renseignements dont vous aurez besoin.

– Il sera probablement nécessaire que j'aille vous voir à votre château, dit Holmes ; dès maintenant me serait-il permis de vous demander si vous avez quelque idée particulière sur la disparition de votre fils ?

– Non, monsieur, je n'en ai aucune.

– Excusez-moi, je vous prie, si j'effleure un sujet qui peut vous être pénible, mais j'y vois une nécessité. Croyez-vous que Mme la duchesse y soit pour quelque chose ?

L'ancien ministre eut une hésitation très marquée.

– Je ne le crois pas, dit-il enfin.

– Une autre hypothèse est que l'enfant a été enlevé pour vous être rendu moyennant rançon. Avez-vous reçu une demande de cette espèce ?

– Non, monsieur.

– Une dernière question ? On m'a affirmé que vous aviez écrit à votre fils le jour même où le fait s'est produit.

– Non, la veille.

– Précisément, mais il a reçu votre lettre ce jour-là ?

– Oui.

– Y avait-il dans votre lettre un mot qui pût le pousser à une semblable détermination ?

– Certainement non.

– Avez-vous mis vous-même cette lettre à la poste ?

La réponse du noble seigneur fut interrompue par son secrétaire, qui s'écria avec quelque hauteur :

– Il n'est pas dans les habitudes de Monseigneur de mettre lui-même ses lettres à la poste. Cette lettre a été placée avec d'autres sur la table du bureau, et je les ai enfermées moi-même dans le sac des dépêches.

– Vous êtes sûr que cette lettre a été mise avec les autres ?

– Oui, je l'ai parfaitement remarqué.

– Combien Monseigneur a-t-il écrit de lettres ce jour-là ?

– Vingt ou trente. J'ai une correspondance très considérable, mais c'est en dehors de la question.

– Pas tout à fait, dit Holmes.

– Pour ma part, continua le duc, j'ai conseillé à la police de porter ses recherches vers le midi de la France. Je vous l'ai déjà dit, je considère comme impossible que la duchesse se soit livrée à un acte aussi monstrueux, mais mon fils avait, de ce côté, les idées les plus bizarres, et il est admissible qu'avec l'aide du professeur d'allemand, il soit allé retrouver sa mère. Et maintenant, docteur, nous allons nous quitter.

Je sentais que Holmes eût bien voulu poser d'autres questions, mais les manières brusques du duc me firent comprendre qu'il considérait l'entrevue comme terminée. On voyait bien que cet entretien avec un étranger, sur sa vie intime, était particulièrement désagréable à sa nature aristocratique, et qu'il craignait que de nouvelles questions ne vinssent jeter une lumière plus vive sur les dessous discrètement cachés de son existence de grand seigneur.

Lorsque le gentilhomme et son secrétaire furent partis, mon ami commença de suite ses recherches avec son ardeur habituelle. Il examina avec le plus grand soin la chambre de l'enfant et acquit ainsi la certitude qu'il s'était enfui par la fenêtre. L'appartement du professeur d'allemand et l'examen de ses vêtements ne purent fournir aucune indication. Une branche du lierre avait dû se rompre sous son poids, et, à la lueur d'une lanterne, nous pûmes apercevoir sur la pelouse l'empreinte de ses talons sur le gazon vert : c'était le seul indice de sa fuite nocturne inexplicable.

Sherlock Holmes quitta la maison seul, et rentra après onze heures. Il s'était fait remettre une carte d'état-major des environs ; il l'apporta dans ma chambre, l'étendit sur mon lit, plaça sa lampe au milieu et se mit à fumer tout en me désignant avec le bout d'ambre de sa pipe les points intéressants.

– Cette affaire m'empoigne, Watson, dit-il. Il y a décidément des côtés qui ne manquent pas d'intérêt. Il faut tout d'abord que vous vous rendiez bien compte de la topographie des lieux, cela nous servira beaucoup dans nos recherches.

Doyle - Résurrection de Sherlock Holmes illustration p183.jpg

Regardez cette carte, ce carré sombre est l'école du Prieuré, je vais y placer cette épingle. Cette ligne représente la grande route, qui, comme vous le voyez, se dirige de l'est à l'ouest, il n'y a aucun chemin de traverse, ni à droite ni à gauche pendant plusieurs milles. Si les deux fugitifs ont suivi une route, ce ne peut être que celle-là.

– Évidemment.

– Nous avons la chance de pouvoir encore contrôler les personnes qui sont passées sur cette route pendant la nuit en question. À l'endroit où je viens de poser ma pipe, le garde champêtre est resté de service depuis minuit jusqu'à six heures du matin. Comme vous le voyez, il était placé à la bifurcation de la route avec le chemin de traverse du côté est, il m'a affirmé n'avoir pas quitté son poste un seul instant, et être sûr que personne n'aurait pu passer, sans avoir été remarqué. Je lui ai parlé ce soir et il me semble mériter toute confiance. Ceci acquis, voyons de l'autre côté : voici l'auberge du Taureau rouge dont la propriétaire, se trouvant malade, avait envoyé à Nockleton chercher un médecin ; celui-ci était absent quand on est venu le demander et n'est arrivé que le lendemain matin. Les gens de l'auberge sont donc restés sur le qui-vive toute la nuit pour guetter son arrivée et la route a été constamment surveillée. Tous sont unanimes à affirmer que personne n'est passé. Si ces témoignages sont sincères, nous sommes également fixés sur le côté ouest et, par conséquent, nous pouvons être sûrs que les fugitifs ne se sont pas servis de la route.

– Mais la bicyclette ? fis-je remarquer.

– Nous y arriverons tout à l'heure. Continuons notre raisonnement. S'ils n'ont pas suivi la route, ils ont traversé le pays du côté du nord ou du côté sud de l'établissement ; cela est indiscutable. Examinons les deux hypothèses : au sud, comme vous le voyez, s'étendent des cultures morcelées en petits champs séparés entre eux par des murs en pierre. De ce côté, l'usage de la bicyclette est impraticable. Il faut donc abandonner cette piste et revenir au nord. Ici se trouve un bouquet d'arbres, porté sur la carte sous le nom de Dagged Shaw, et plus loin les landes de Lower Gill, qui s'étendent sur environ dix milles avec une pente douce. Dans la direction de cet espace désert se trouve Holdernesse Hall, qui par la route est distant de dix milles, mais de six seulement en coupant à travers la lande. Celle-ci est particulièrement déserte ; à peine y rencontre-t-on quelques rares fermes où l'on élève des bestiaux. Jusqu'à la route de Chesterfield il n'y a guère comme habitants que les pluviers et les courlis. Remarquez, également, ici une église entourée de quelques habitations, parmi lesquelles une auberge. Au delà les collines deviennent abruptes. C'est sûrement du côté nord que doivent être dirigées nos recherches.

– Mais la bicyclette ? demandai-je encore.

– C'est bien, c'est bien, dit Holmes avec impatience, un bon cycliste n'a pas besoin d'une grande route. La lande est sillonnée de sentiers, et d'ailleurs, il faisait pleine lune. Ah ! qu'y a-t-il ?

On frappait à la porte ; un instant après, le Dr Huxtable entrait dans l'appartement, tenant dans sa main une casquette bleue de cricket avec un chevron blanc au sommet.

– Enfin, voici un indice, cria-t-il. Dieu merci ! nous voilà sur les traces du jeune garçon ! Voici sa casquette.

– Où l'a-t-on trouvée ?

– Dans une des voitures des bohémiens qui campaient dans la lande. Ils sont partis mardi dernier. Aujourd'hui, la police les a retrouvés et a perquisitionné dans leurs roulottes, et c'est là qu'on a retrouvé la casquette.

– Quelle explication ont-ils donnée ?

– Ils se sont d'abord coupés, puis ont déclaré qu'ils l'avaient trouvée au milieu de la lande mardi matin. Ils savent où est l'enfant, les bandits ! Dieu merci, à l'heure actuelle, ils sont tous sous les verrous. La peur de la justice d'une part, l'argent du duc de l'autre arriveront à tirer d'eux tout ce qu'ils savent.

– Jusqu'à présent, cela va bien, dit Holmes, quand le docteur eut quitté la pièce. C'est encore une preuve que c'est du côté de la lande de Lower Gill que nous devons nous attendre à obtenir des résultats. La police, en somme, n'est arrivée, à rien, sauf à l'arrestation de ces bohémiens. Voyez, Watson ! à travers la lande il y a un ruisseau, il est marqué ici sur la carte. À certains endroits, c'est un véritable marécage, surtout dans la région comprise entre Holdernesse Hall et l'école. On ne trouvera ailleurs aucune trace de pas par ce temps-ci, mais là, nous avons des chances d'en rencontrer. Nous nous lèverons de bonne heure demain matin, et nous irons voir, vous et moi, si nous ne pouvons pas éclaircir ce mystère.

Le lendemain au point du jour, quand je me réveillai, j'aperçus près de mon lit la silhouette mince de Holmes. Il était complètement habillé et avait déjà dû sortir.

– J'ai visité toute la pelouse, le hangar à bicyclette, dit-il, et j'ai poussé jusqu'au bouquet d'arbres. Maintenant, Watson, une tasse de cacao vous attend dans la pièce voisine, mais, pressez-vous, nous avons de quoi occuper notre journée.

Ses yeux brillaient, ses joues étaient empourprées par l'animation du maître qui voit son œuvre bien en train. Alerte et actif ; il était alors bien différent du rêveur pâle de Baker Street. Je sentais, en contemplant cette taille énergique et prête à la lutte, qu'une journée fatigante nous attendait.

Et pourtant, elle commença par un vif désappointement. Pleins d'espoir, nous nous étions mis en route à travers la lande grise coupée de nombreux sentiers pour les troupeaux, et nous étions arrivés à une bande de terrain d'un vert cru qui nous indiquait le marécage. Certainement si le jeune homme s'était dirigé vers le château de son père, il aurait dû passer là et y laisser forcément des empreintes. Mais nous ne découvrîmes pas la moindre trace ni de lui, ni de l'Allemand. La figure assombrie, mon ami parcourut les bords observant, avec le plus grand soin, de tous les côtés. Il y avait des traces de moutons en très grand nombre ; plus loin on découvrait les empreintes des pieds de bestiaux, et rien de plus.

– Échec en plein ! dit Holmes en jetant un coup d'œil circulaire sur la lande. Il y a un autre marécage là-bas ! Mais… mais qu'est-ce que cela ?

Nous venions d'apercevoir comme un sentier, au milieu duquel on distinguait le sillon laissé par une bicyclette.

– Hurrah ! m'écriai-je. Nous le tenons !

Holmes secoua la tête et son regard me parut plus intrigué que joyeux.

– Une bicyclette, certainement, mais pas la bicyclette ! dit-il. Je connais quarante-deux types d'empreintes laissées par les caoutchoucs des pneus. Celui-ci est un Dunlop, avec une pièce sur l'enveloppe extérieure. Les caoutchoucs de Heidegger étaient de la marque Palmer et laissaient des traces longitudinales. C'est ce que m'a déclaré Aveling, le professeur de mathématiques. Ce n'est donc pas la trace de l'Allemand.

– C'est peut-être celle du jeune homme ?

– C'est possible, s'il nous était démontré qu'il avait une bicyclette en sa possession ; mais ce n'est pas le cas. Cette trace a été laissée par une personne qui venait de la direction de l'école.

– Ou qui allait dans sa direction !

– Non, non, mon cher Watson. L'empreinte la plus profonde est toujours laissée par la roue arrière qui supporte tout le poids, et vous voyez à plusieurs endroits que l'empreinte de la roue avant a été effacée par celle de la roue arrière. Sans aucun doute, la bicyclette s'éloignait de l'école. Cela peut se rattacher ou non à notre enquête, mais il faut toujours la suivre avant de continuer.

C'est ce que nous fîmes et au bout de quelques centaines de mètres nous perdions la trace en quittant la partie marécageuse de la lande. Reprenant notre course en arrière, nous trouvâmes un autre endroit traversé par un ruisseau. Nous vîmes de nouveau les traces de la bicyclette ; elles étaient à demi effacées par les pieds des vaches, puis elles disparurent, et le sentier nous conduisit au bouquet d'arbres de Dagged Shaw placé derrière l'école. La bicyclette avait dû sortir de cet endroit. Holmes s'assit sur un tronc d'arbre et appuya son menton sur ses mains. J'eus le temps de fumer deux cigarettes avant qu'il n'eût bougé.

– Eh bien, eh bien, dit-il enfin, c'est possible après tout qu'un homme avisé ait changé les caoutchoucs de sa machine, de façon à laisser des traces inconnues. Un criminel qui est capable d'une telle pensée est un homme que je serais heureux de travailler. Laissons de côté cette question et retournons au marécage, que nous n'avons pas suffisamment fouillé.

Nous continuâmes l'examen minutieux de cette partie de la lande et bientôt notre persévérance fut récompensée. Dans la partie la plus basse, se trouvait un sentier embourbé. Holmes jeta un cri de joie en approchant. Une empreinte ressemblant à celle d'une ligne de fils télégraphiques en occupait le milieu. C'était celle d'un pneu Palmer !

– Voici la trace d'Heidegger, c'est sûr, dit Holmes avec enthousiasme, mon raisonnement était juste, Watson !

– Je vous en félicite.

– Mais nous ne sommes pas au bout ! Ne marchez pas, je vous prie, sur le sentier. Suivons la trace, je crois bien qu'elle ne nous conduira pas loin.

Tout en avançant nous remarquions que cette partie de la lande était encore coupée par des marécages ; nous perdions parfois de vue notre piste, mais nous la retrouvions toujours.

– Remarquez-vous, dit Holmes, que le cycliste devait pédaler ferme ? Cela n'est pas douteux ! Voyez cette empreinte où les deux caoutchoucs se détachent si nettement. L'un est aussi profond que l'autre, ce qui indique que le poids était également réparti sur le guidon et sur la selle, comme il arrive quand on presse l'allure. Pardieu, il a fait une chute !

Il venait de découvrir une marque irrégulière courant tout le sentier ; on apercevait auprès des empreintes de pas, puis les pneus réapparaissaient.

– Un dérapage, dis-je.

Holmes tenait dans sa main une branche d'ajoncs en fleur. Je constatai avec horreur qu'elles étaient tachetées de rouge. Sur le sentier au milieu de la bruyère se trouvaient des taches sombres de sang coagulé.

– Mauvais ! dit Holmes, mauvais ! Faites attention, Watson ! Pas un pas de plus ! Ce que je lis dans tout ceci ? Il est tombé blessé, s'est relevé, est remonté à bicyclette et a continué. Mais il n'y a pas d'autre trace à côté ; voici les empreintes de pieds d'animaux. Il n'a sûrement pas été éventré par un taureau ? C'est impossible ! Et pourtant je ne vois les traces de personne. Allons, continuons, Watson ! Il a dû être blessé sérieusement, la piste nous conduit, il ne saurait nous échapper.

Nos recherches ne furent pas longues. Les traces des pneus commencèrent bientôt à faire des zigzags sur le sentier humide, et tout à coup, tandis que nous regardions au loin, un reflet de métal au milieu d'un buisson d'ajoncs vint frapper nos yeux. Nous y trouvâmes une bicyclette munie de pneus Palmer dont la pédale était faussée et dont la partie ayant été inondée de sang. De l'autre côté du buisson, nous aperçûmes un soulier. Un bond, et nous vîmes étendu sur le dos le malheureux cycliste. C'était un homme de grande taille, portant toute la barbe avec des lunettes dont un verre était brisé. La cause de sa mort était un coup terrible reçu à la tête, qui lui avait défoncé le crâne. Qu'il eût pu, après avoir reçu une telle blessure, continuer sa course indiquait ce qu'avaient dû être sa vitalité et son courage. Il avait des souliers, mais pas de chaussettes, et son paletot ouvert laissait apercevoir sa chemise de nuit. Sans nul doute, c'était le professeur d'allemand.

Holmes tourna le cadavre avec respect et l'examina avec la plus grande attention. Pendant quelque temps il resta absorbé dans ses pensées et je pus voir à son front soucieux que cette lugubre découverte n'avait pas, dans sa pensée, avancé le résultat de nos recherches.

– Que faut-il faire, Watson ? dit-il enfin. Mon idée est de continuer, nous avons déjà perdu bien du temps ; il faut à tout prix nous hâter, informer la police de notre découverte et veiller à ce qu'on s'occupe de ce malheureux.

– Je puis m'en retourner avec un mot.

– Non, j'ai besoin de votre concours… attendez un peu. Voilà un bonhomme qui travaille dans la lande. Amenez-le ici, et il mettra la police au courant.

J'amenai le paysan et Holmes envoya le pauvre homme affolé avec un mot pour le Dr Huxtable.

– Maintenant, Watson, dit-il, nous avons trouvé deux pistes ce matin : l'une, la bicyclette avec le pneu Palmer, nous voyons où elle nous a conduits ; l'autre, le pneu Dunlop avec une pièce. Avant de commencer à marcher sur celle-là, résumons ce qui est acquis afin de séparer ce qui est essentiel de ce qui peut être accessoire. D'abord, mettez-vous bien dans l'idée que l'enfant est parti de son plein gré. Il est descendu par la fenêtre et il est parti soit seul, soit avec quelqu'un, c'est indiscutable.

Je fis un signe d'assentiment.

– Au tour maintenant du malheureux professeur. L'enfant était entièrement habillé quand il est parti ; il prévoyait, par conséquent, ce qu'il allait faire. Le professeur, au contraire, n'a même pas pris le temps de passer ses chaussettes ; il a donc agi brusquement.

– C'est certain.

– Pourquoi est-il parti ? Parce que, de la fenêtre de sa chambre, il a sans doute vu la fuite de l'enfant ; parce qu'il voulait le rattraper et le ramener. Il est allé alors prendre sa bicyclette, l'a poursuivi et, dans cette poursuite, a trouvé la mort.

– C'est très vraisemblable.

– J'arrive au point délicat de l'argument. L'acte naturel d'un homme qui poursuit un enfant serait de courir après lui, car il lui semble facile de le rattraper. Ce n'est pas ce que fait l'Allemand ; il a recours à la bicyclette. On m'a dit qu'il était un cycliste de première force. Il n'aurait pas pris sa machine s'il n'avait pas su que l'enfant avait à sa disposition un moyen rapide de locomotion.

– L'autre bicyclette ?

– Continuons notre reconstitution. Il est tué à cinq milles de l'école, non par un coup de feu (notez bien qu'à la rigueur un gamin aurait pu tirer), mais par un coup d'une violence extrême porté par un bras vigoureux. L'enfant avait donc un compagnon dans sa fuite, et la fuite a dû être rapide puisqu'il a fallu à un excellent cycliste parcourir une distance de cinq milles avant de les atteindre. Nous avons examiné le terrain tout autour du lieu du crime ; qu'avons-nous découvert ? Quelques empreintes de bestiaux, rien de plus. J'ai parcouru les environs, il n'y a pas de sentier à plus de cinquante mètres. L'autre cycliste n'a rien à voir avec cet assassinat : il n'y a ici aucune empreinte de pieds.

– Holmes ! m'écriai-je, ceci est impossible !

– Vous êtes étonnant ! dit-il. Quelle observation superbe ! C'est impossible, dites-vous ; mais cela est ! Vous avez vu par vous-même. Pouvez-vous expliquer les choses autrement ?

– Il n'aurait pas pu se fracturer le crâne en tombant ?

– Dans un marécage, Watson ?

– Je ne vois pas d'autre supposition possible.

– Tu ! tu !... Nous avons résolu des problèmes plus difficiles. Enfin, nous avons des données sérieuses si nous savons nous en servir. Voilà la question du Palmer épuisée, voyons ce que nous donnera le Dunlop !

Nous reprîmes cette piste et la suivîmes pendant un certain temps, puis elle disparut dans les touffes de bruyères ; de ce point, elle pouvait aussi bien se diriger vers Holdernesse Hall, dont les tours grises s'élevaient à quelques milles à notre gauche, que du côté du village, qui se trouvait devant nous et nous indiquait la position de la grande route de Chesterfield.

Quand nous approchâmes de l'auberge à l'apparence sordide, qui portait un coq pour enseigne, Holmes poussa un gémissement et me prit par l'épaule pour ne pas tomber : il venait de se fouler le pied. Avec difficulté, il boita jusqu'à la porte, devant laquelle un homme d'un certain âge, petit et gros, fumait une pipe en terre noire.

– Comment allez-vous, monsieur Reuben Hayes ? dit Holmes.

– Qui êtes-vous ? et comment savez-vous si bien mon nom ? dit le campagnard avec un éclair de soupçon dans ses yeux rusés.

– C'est écrit sur l'enseigne au-dessus de votre tête, et il est facile de reconnaître en vous le patron de l'auberge. Vous n'auriez pas une voiture dans votre remise ?

– Non, je n'en ai pas.

– Je ne puis plus poser le pied par terre.

– Alors, ne l'y posez pas,

– Mais je ne puis marcher.

– Alors, sautez.

Les manières de Reuben Hayes étaient loin d'être affables, mais Holmes n'en resta pas moins de bonne humeur.

– Allons, mon ami, dit-il, je suis dans une impasse, il faut à tout prix que j'en sorte.

– Qu'est-ce que cela me fait ? dit l'aimable hôtelier.

– J'ai une affaire très importante. Je vous donnerai un souverain si vous pouvez me louer une bicyclette.

L'hôtelier dressa l'oreille.

– Où voulez-vous aller ?

– À Holdernesse Hall.

– Vous seriez des amis du duc, supposition ? dit l'hôtelier tout en regardant nos habits tachés de boue avec des yeux ironiques.

Holmes se mit à rire de bon cœur.

– Il sera content de nous voir, toujours !

– Pourquoi ?

– Parce que nous lui apportons des nouvelles de son fils qui est disparu.

L'hôtelier sursauta visiblement.

– Quoi, vous êtes sur ses traces ?

– On l'a vu à Liverpool, et il ne tardera pas à être repris.

À ces mots, sa physionomie épaisse se modifia et ses façons changèrent tout à coup.

– Je n'ai pas de raison pour vouloir du bien au duc, dit-il, car autrefois j'ai été son premier cocher ; il m'a traité bien durement, et, sur la foi d'un sale marchand d'avoine, il m'a jeté dans la rue sans même me donner un certificat. Tout de même, je suis heureux qu'on ait entendu parler du jeune lord à Liverpool et je vous aiderai à porter des nouvelles au château.

– Je vous remercie, dit Holmes, mais nous mangerons d'abord, et vous amènerez ensuite la bicyclette.

– Je n'en ai pas.

Holmes lui tendit un souverain.

– Puisque je vous dis que je n'en ai pas ! mais je vous louerai deux chevaux pour aller au château.

– C'est bien, dit Holmes, nous repartirons quand nous aurons pris quelque chose.

Quand nous nous trouvâmes seuls dans la cuisine, je ne tardai pas à me rendre compte que l'entorse de mon compagnon était, à ma grande stupéfaction, complètement guérie. Il faisait presque nuit et nous n'avions rien mangé depuis le matin. Aussi nous restâmes assez longtemps à table. Holmes était abîmé dans ses pensées ; une ou deux fois, il alla à la fenêtre pour examiner les alentours. Elle donnait sur une cour très sale, à l'extrémité de laquelle se trouvait une forge, où un jeune homme aux traits et aux vêtements noircis était en train de travailler ; de l'autre côté, étaient des écuries. Holmes s'était rassis et se leva tout à coup en poussant une exclamation :

– Pardieu ! Watson, je crois que j'y suis, cria-t-il, oui, ce doit être cela. Vous rappelez-vous aujourd'hui que nous avons aperçu des traces de pieds de bestiaux ?

– Oui, plusieurs !

– Où donc ?

– Mais partout ; il y en avait dans le marécage, sur le sentier et près de l'endroit où ce pauvre Heidegger a trouvé la mort.

– Précisément. Eh bien, Watson, combien de bestiaux avez-vous vus dans la lande, cette après-midi ?

– Je ne me rappelle pas en avoir vu !

– C'est étrange, Watson, que nous ayons remarqué tant de marques de pieds et que nous n'ayons pas vu un seul animal, c'est très étrange, Watson, n'est-ce pas ?

– C'est vrai !

– Faites un effort de mémoire, reportez vos souvenirs en arrière Les voyez-vous, ces empreintes sur le sentier ?

– Oui, je les vois.

– Vous vous rappelez qu'elles étaient tantôt ainsi placées, Watson, et il disposa de cette manière des miettes de pain : : : : : : : d'autres fois ainsi · : · : · : · ·: d'autres puis comme ceci . · . · . · . ·., vous rappelez-vous tout cela ?

– Non, cela m'est impossible.

– Moi, c'est différent, j'en jurerais, mais nous irons les revoir. Que j'ai donc été aveugle de ne pas en tirer plus tôt une conclusion !

– Laquelle ?

– Seulement celle-ci : c'est une vache remarquable que celle qui peut ainsi aller au pas, au trot et au galop. Ce n'est pas un cerveau paysan qui a pu imaginer un pareil subterfuge. Les environs ne paraissent pas surveillés, sauf par ce jeune garçon qui est dans la forge. Allons donc un peu à la découverte !

Deux chevaux mal soignés se trouvaient dans l'écurie délabrée. Holmes souleva une des jambes de derrière de l'un d'eux et se mit à rire :

– Voilà de vieux fers qui ont été placés il y a peu de temps. Les fers sont vieux, mais les clous sont neufs. Cette affaire est superbe ! Poussons jusqu'à la forge.

L'apprenti continua son travail sans nous regarder. Je vis le regard de Holmes qui fouillait dans les débris de fer et de bois éparpillés sur le sol. Tout à coup, nous entendîmes un pas derrière nous. C'était l'hôtelier ; ses épais sourcils s'étaient froncés sur ses yeux sombres, ses traits rouges semblaient convulsés par la colère. Il tenait à la main une canne à tête de métal et il avança d'une façon si menaçante que je fus heureux de sentir mon revolver dans ma poche.

– Espions du diable ! que faites-vous ici ? s'écria-t-il.

– Comment, monsieur Reuben Hayes, dit Holmes avec calme, on pourrait croire que vous avez peur de nous voir découvrir quelque chose.

L'homme fit un effort violent pour reprendre son sang-froid et il laissa échapper un rire faux, plus menaçant encore.

– Vous pouvez chercher tout ce que vous voudrez dans ma forge ; mais, comme je n'aime pas qu'on vienne mettre le nez dans mes affaires sans ma permission, le plus tôt que vous paierez votre dépense et filerez d'ici sera le mieux.

– Très bien, monsieur Hayes, nous ne voulions pas vous offenser, dit Holmes. Nous venons seulement de regarder vos chevaux. Après tout, je crois bien que je pourrai marcher, ce n'est pas loin, n'est-ce pas ?

– Il n'y a que deux milles pour arriver à la grille du château et voilà la route à gauche.

Il nous suivit des yeux jusqu'au moment où nous eûmes quitté son auberge. Nous n'allâmes pas très loin, car Holmes s'arrêta dès que la courbe de la route nous eut dissimulés aux regards de l'aubergiste.

– Nous brûlions, comme disent les enfants, reprit-il, et il me semble que je me refroidis à chaque pas qui m'éloigne d'ici. Non, il n'est pas possible de s'en aller !

– Je suis convaincu, dis-je, que ce Reuben Hayes est au courant de tout. J'ai rarement rencontré un gredin plus manifeste.

– C'est l'impression qu'il vous a faite ? Il possède des chevaux, une forge. Allons, c'est un endroit plein d'intérêt que cette auberge du Coq hardi. J'ai envie d'y retourner pour l'examiner à loisir.

Une colline de rochers crayeux s'élevait derrière nous. Nous avions quitté la grande route et nous gravissions la pente lorsqu'en regardant dans la direction d'Holdernesse Hall, j'aperçus un cycliste qui pédalait à toute vitesse.

– Baissez-vous ! s'écria Holmes en posant lourdement sa main sur mon épaule.

À peine étions-nous cachés qu'un homme passa rapidement sur la route auprès de nous. J'aperçus, dans un nuage de poussière, une figure pâle et agitée, empreinte de l'horreur la plus vive, la bouche ouverte et les yeux hagards fouillant la route. On eût dit une horrible caricature de l'élégant James Wilder que nous avions vu la veille.

– Le secrétaire du duc ! s'écria Holmes. Venez, Watson, et voyons ce qu'il va faire !

Nous sautâmes de rocher en rocher et quelques instants après nous nous trouvions sur une élévation qui nous permit de distinguer la porte de l'auberge. La bicyclette de Wilder était appuyée contre le mur. Rien ne bougeait dans la maison, aucun visage ne se montrait aux fenêtres. Le crépuscule s'éteignait lentement à mesure que le soleil se cachait derrière les hautes tours du château. Nous vîmes, dans l'obscurité, s'allumer dans la cour de l'auberge deux lanternes, puis nous entendîmes le bruit des sabots des chevaux sur la route, et une voiture fila comme une flèche dans la direction de Chesterfield.

– Que pensez-vous de cela ? murmura Holmes.

– On dirait une fuite.

– Un homme seul dans une voiture, c'est tout ce que j'ai vu. Ce n'était pas M. James Wilder, car le voici à la porte.

Un carré rouge de lumière avait brillé dans la nuit et permettait de distinguer la silhouette sombre du secrétaire. Sa tête s'était avancée pour percer les ténèbres. Il était évident qu'il attendait quelqu'un. Enfin, nous entendîmes des pas sur la route et nous aperçûmes bientôt un autre personnage. La porte se referma, l'obscurité redevint complète. Cinq minutes plus tard, une lumière parut au premier étage.

— Ils semblent mener une drôle d'existence à cette auberge ! dit Holmes.

— La salle de café se trouve de l'autre côté.

— Parfaitement, ils reçoivent de la compagnie ; que fait donc M. James Wilder dans ce débit à cette heure de la nuit, et quel peut être l'homme qui lui a donné rendez-vous ? Allons, venez, Watson, il faut se risquer à voir cela de plus près.

Nous descendîmes la côte et nous arrivâmes à la porte de l'auberge. La bicyclette était toujours appuyée au mur. Holmes fit craquer une allumette et éclaira la roue de derrière. Je l'entendis rire à voix basse quand la lumière frappa un pneu Dunlop, sur lequel était fixée une pièce. Au-dessus de nous, se trouvait la fenêtre éclairée.

— Il faut que j'y jette un coup d'œil, Watson, penchez le dos vers le mur comme point d'appui et je pourrai y parvenir.

Un instant plus tard, il avait placé ses pieds sur mes épaules : cela ne dura qu'un instant.

— Venez, mon ami, dit-il. Assez de travail pour aujourd'hui. Nous avons recueilli tout ce que nous avons pu ; il y a loin d'ici à l'école et, plus tôt nous serons de retour, mieux cela vaudra.

Il prononça à peine quelques paroles durant le trajet à travers la lande, et, au lieu d'entrer dans l'école, il se rendit à la gare de Makleton, d'où il expédia plusieurs télégrammes. Tard dans la nuit, je l'entendis prodiguer au Dr Huxtable des consolations au sujet de la mort tragique de son professeur d'allemand. Il entra ensuite dans ma chambre aussi alerte et aussi en train que je l'avais vu le matin même.

– Tout va bien, mon ami, dit-il, je vous promets qu'avant demain soir nous aurons la solution du mystère.

Le lendemain matin, mon ami et moi, montions la longue avenue d'yeuses qui conduisait à Holdernesse Hall. Après avoir traversé la porte monumentale datant du règne d'Elisabeth, nous fûmes introduits dans le cabinet de travail du duc. Nous y trouvâmes M. James Wilder, froid et compassé, mais ayant encore, dans les yeux et sur les traits, un reste de la terreur qu'il avait éprouvée la nuit précédente.

– Vous êtes venus pour voir Monseigneur ? J'en suis fâché, mais il est très fatigué. La nouvelle de cette mort l'a absolument bouleversé. Nous avons reçu hier dans l'après-midi une dépêche du Dr Huxtable, qui nous a annoncé votre découverte.

– Il faut pourtant que je sois reçu, monsieur Wilder.

– Mais Monseigneur est dans sa chambre à coucher.

– Alors, j'irai dans sa chambre à coucher !

– Je crois même qu'il est au lit.

– Alors, je le verrai au lit !

Les manières froides et inexorables de Holmes firent comprendre au secrétaire que toute insistance serait inutile.

– Très bien, monsieur Holmes, je vais lui dire que vous êtes ici.

Après une demi-heure d'attente, le noble seigneur fit son apparition. Sa figure était plus livide que jamais, son dos plus voûté ; il semblait avoir bien vieilli depuis la veille. Il nous accueillit avec une courtoisie hautaine et s'assit devant son bureau ; sa barbe rouge couvrait la table.

– Eh bien, monsieur Holmes ? dit-il.

Les yeux de mon ami restaient fixés sur le secrétaire, qui s'était placé près du siège de son maître.

– Je crois que je pourrais parler plus librement si M. Wilder n'était pas ici.

Ce dernier devint plus pâle et jeta un regard hostile vers Holmes :

– Si Monseigneur le désire…

– Oui, oui, il vaut mieux que vous ne soyez pas là. Et maintenant, monsieur Holmes, qu'avez-vous à me dire ?

Mon ami attendit que la porte eût été refermée.

– Je dois vous dire que mon collègue le Dr Watson et moi-même, avons appris, par le Dr Huxtable, qu'une récompense avait été offerte à qui découvrirait le mystère. Je serais heureux d'avoir sur ce point votre affirmation.

– C'est exact, monsieur Holmes.

– C'était, je crois, la somme de cinq mille livres sterling, qui devait être remise à la personne vous indiquant où se trouve votre fils.

– C'est encore exact.

– Mille livres de plus devaient être données à celui qui vous ferait connaître celui ou ceux qui le tenaient prisonnier ?

– Tout à fait exact.

– Aussi bien ceux qui se sont emparés de lui que ceux qui le détiennent actuellement ?…

– Oui, oui, s'écria le duc avec impatience. Si vous réussissez, monsieur Holmes, vous n'aurez pas à vous plaindre.

Mon ami frotta l'une contre l'autre ses deux mains avec une expression d'avidité qui me surprit, car je connaissais ses goûts modestes.

– Il me semble, dit-il, que j'aperçois sur cette table le carnet de chèques de Monseigneur, et je serais très heureux s'il voulait bien me préparer un chèque de six mille livres, endossé sur la banque « Capital and Counties », Oxford Street, Londres.

Le duc conserva son calme ; très droit sur son siège, il fixa froidement mon ami.

– Est-ce une plaisanterie, monsieur Holmes ? Le sujet n'y prête pourtant guère.

– Pas du tout, je n'ai jamais été plus sérieux de ma vie.

– Que voulez-vous dire alors ?

– Je veux dire que j'ai gagné la récompense. Je sais où est votre fils et je connais, au moins, quelques-unes des personnes qui le détiennent.

Le duc pâlit encore.

– Où est-il ? fit-il dans un souffle.

— Il est, ou du moins, il était la nuit dernière à l'auberge du Coq hardi, à environ deux milles de la grille de votre parc.

Le duc se renversa dans sa chaise.

— Et qui accusez-vous ?

La réponse de Sherlock Holmes fut stupéfiante. Se levant vivement de sa chaise, il posa sa main sur l'épaule du duc.

— C'est vous que j'accuse, dit-il. Et maintenant, je prie Monseigneur de me donner le chèque.

Jamais je n'oublierai l'attitude du duc qui frappa l'air de ses mains comme un homme qui se sent tomber au fond d'un précipice. Aussitôt, par un effort inouï, il recouvra son sang-froid d'aristocrate, s'assit et cacha sa tête dans ses mains. Il garda le silence pendant quelques instants.

— Que savez-vous ? demanda-t-il enfin, sans lever la tête.

— Je vous ai vus ensemble hier soir.

— Quelqu'un le sait-il, à part votre ami ?

— Je n'en ai parlé à personne.

Le duc prit une plume dans sa main tremblante et ouvrit son carnet de chèques.

— Je n'ai qu'une parole, monsieur Holmes. Je vais vous signer votre chèque, malgré l'ennui que vous me causez. Quand j'ai fait cette promesse, j'ignorais la tournure que prendraient les événements ; mais je puis avoir foi en votre discrétion et en celle de votre ami, n'est-ce pas ?

– Je ne saisis pas bien.

– Je vais m'expliquer plus clairement, monsieur Holmes. S'il n'y a que vous deux au courant de la situation, il n'y a pas de raison de penser que ces faits seront connus. C'est, je crois, douze mille livres que je vous dois, n'est-ce pas ?

Holmes sourit et secoua la tête.

– Je crains bien que les choses ne puissent s'arranger aussi facilement. Il ne faut pas oublier qu'il y aura à rendre compte de la mort de l'infortuné professeur.

– Mais James Wilder n'y est pour rien ! Il ne peut en être responsable ! C'est l'œuvre de cette misérable brute qu'il a eu le malheur d'employer !

– Je ne puis envisager les choses de la même manière : quand un homme met le pied dans le crime, il est moralement responsable de tout crime qui se rattache au premier.

– Moralement, c'est vrai ! monsieur Holmes, mais certainement pas aux yeux de la loi. Un homme ne peut être condamné pour un meurtre auquel il n'a pas participé et qu'il réprouve autant que vous-même. Dès qu'il a tout appris, James est venu me faire une confession complète, tant il éprouvait d'horreur et de remords. Il n'a pas mis une heure à rompre entièrement avec le meurtrier. Oh ! monsieur Holmes, il faut le sauver ; sauvez-le ! sauvez-le !

Le duc avait perdu toute son assurance, et il marchait à grands pas dans l'appartement, la figure bouleversée, les mains crispées. Enfin, il put se maîtriser et s'assit devant son bureau.

– J'apprécie la délicatesse qui vous a fait venir près de moi avant de parler à qui que ce soit, dit-il. Au moins, nous pourrons voir ensemble s'il n'est pas possible de limiter cet horrible scandale.

– Certainement, dit Holmes, mais nous ne pourrons réussir que si nous trouvons en vous la plus entière franchise. Je ne demande qu'à vous venir en aide dans la mesure de mes moyens, mais, pour cela, il faut que je puisse comprendre tous les détails de cette affaire. Vous parliez tout à l'heure de M. James Wilder, et vous disiez qu'il n'était pas le meurtrier ?

– Non, le meurtrier a pu s'échapper !

Sherlock Holmes sourit.

– Monseigneur ne connaît pas, sans doute, ma modeste réputation, sans quoi il eût deviné combien il était difficile de m'échapper. M. Reuben Hayes a été arrêté à Chesterfied sur ma dénonciation à onze heures hier au soir. J'ai reçu un télégramme de la police de cette ville ce matin avant de quitter l'école.

Le duc se renversa dans sa chaise et regarda mon ami avec étonnement.

– Vous paraissez avoir un pouvoir surhumain ! dit-il. Ainsi voilà Reuben Hayes arrêté ? Je suis bien heureux de l'apprendre, si cela ne doit pas retomber sur James.

– Votre secrétaire ?

– Non, monsieur, mais mon fils !

C'était au tour de Holmes de se montrer étonné.

– J'avoue que j'ignorais cela, et je vous prierai de tout m'expliquer.

– Je ne vous cacherai rien. Je crois, quelque douleur que je puisse ressentir, que la franchise est la meilleure politique dans la situation désespérée où nous ont conduits la folie et la jalousie de James. Pendant ma jeunesse, monsieur Holmes, j'ai aimé comme l'on n'aime qu'une fois dans la vie. J'ai offert à mon amie de l'épouser ; elle m'a refusé, prétendant qu'une telle alliance pourrait entraver ma carrière. Si elle avait vécu, je ne me serais certainement jamais marié avec une autre qu'elle, mais elle mourut laissant cet enfant que j'ai aimé et élevé en souvenir d'elle. À cause du monde, j'ai dû cacher ma paternité, mais j'ai donné à ce fils la meilleure éducation et, quand il a atteint l'âge d'homme, je l'ai attaché à ma personne. Il a surpris mon secret et dès lors a tiré parti du lien qui l'attachait à moi et de la possibilité de faire naître un scandale qui me serait odieux. Sa présence a été une des causes de mes ennuis dans mon ménage. Par-dessus tout, il détestait mon fils légitime depuis sa naissance. Vous vous demandez peut-être pourquoi, dans ces conditions, j'ai gardé James sous mon toit ? C'était uniquement parce que je retrouvais en lui tous les traits de sa mère, et qu'en souvenir d'elle j'étais prêt à supporter toutes les douleurs. Ses gestes, ses attitudes me rappelaient la morte ; il m'était impossible de me séparer de lui, mais je craignais tellement son hostilité contre son frère, que je résolus d'éloigner celui-ci et de le confier aux soins du Dr Huxtable.

James s'est trouvé en contact avec Hayes, qui était un de mes fermiers et qu'il connaissait puisqu'il était mon intendant. Hayes a toujours été un gredin, mais cela n'a pas empêché James de devenir son intime, car il a toujours eu un goût prononcé pour les basses fréquentations. Quand James eut pris la détermination d'enlever lord Saltire, il requit l'aide de cet homme. Vous vous rappelez que, la veille de sa disparition, il avait reçu une lettre de moi ; James avait ouvert cette lettre et y avait ajouté un petit mot pour prier son frère de venir le retrouver dans le petit bois de Dagged Saw non loin de l'école. Il s'était servi du nom de la duchesse et, grâce à ce subterfuge, il put décider l'enfant. Le soir même, James partit à bicyclette (c'est d'ailleurs ce qu'il m'a avoué) et il déclara à Arthur, qu'il trouva au rendez-vous, que sa mère désirait vivement le voir, qu'elle l'attendait dans la lande et que, s'il consentait à revenir vers minuit dans le bois, il rencontrerait un homme chargé de le conduire. Le pauvre Arthur est tombé dans le piège, il trouva Hayes qui avait sa voiture et son cheval. Arthur monta et ils partirent ensemble. Il paraîtrait (James ne m'a appris ce fait qu'hier) qu'ils ont été poursuivis, que Hayes a frappé d'un coup de bâton celui qui le poursuivait, il l'a étendu mort. Hayes conduisit alors Arthur à l'auberge du Coq hardi, et l'enferma dans une des chambres du premier étage, confié aux soins de sa femme, une excellente personne, mais qui obéit aveuglément à son mari.

Tel était, monsieur Holmes, l'état des choses quand je vous vis il y a deux jours. Je ne soupçonnais pas plus que vous la vérité. Vous me demanderez peut-être à quel mobile James a obéi ? Je ne puis que vous répondre qu'il avait une haine injustifiée contre mon héritier. C'était lui-même, prétendait-il, qui devait hériter de moi, et il entrait en fureur contre les lois de notre pays qui s'y opposaient. Il obéissait aussi à un autre mobile bien défini : l'espoir que je pourrais tourner la loi et qu'il m'imposerait ses conditions : me rendre Arthur, si je consentais à lui laisser mes propriétés par testament. Il savait fort bien que je ne voudrais pas invoquer contre lui l'appui de la police. Il n'a pu me proposer ce marché parce que les événements se sont précipités et que le temps lui a manqué pour me développer ses plans.

La découverte du cadavre d'Heidegger est survenue tout à coup. James, à cette nouvelle, a été saisi d'horreur. Nous avons appris l'événement hier par une dépêche du Dr Huxtable. James, qui se trouvait dans mon cabinet à ce moment, fut rempli de douleur et d'indignation. Nos soupçons devinrent alors une certitude et je n'hésitai pas à l'accuser du crime. Il fit les aveux les plus complets, me suppliant de conserver son secret pendant trois jours afin de donner à son misérable complice le temps de sauver sa vie. J'ai cédé comme toujours à ses prières. Aussitôt, il s'est rendu au Coq hardi afin de prévenir Hayes et de lui donner les moyens de fuir. Il m'était impossible de me rendre pendant le jour à cette auberge sans provoquer des commentaires, mais dès que la nuit fut tombée, j'allai voir mon cher Arthur. Je le trouvai en sûreté et bien portant, mais bouleversé par l'horrible drame dont il avait été le témoin. J'ai consenti à contre-cœur à le laisser là pendant trois jours sous la garde de M. Hayes, car il était impossible de faire connaître à la police où il se trouvait sans dénoncer l'assassin, et je ne voyais pas comment cet assassin pourrait être pris sans perdre mon malheureux James. Vous m'avez conjuré d'être franc, monsieur Holmes, j'ai eu foi en votre parole, et je vous ai tout raconté sans rien dissimuler ; à votre tour, soyez franc avec moi.

– Je le serai, dit Holmes. Pour commencer, je dois vous dire que vous vous êtes placé dans une situation fort délicate au point de vue pénal. Vous vous êtes rendu complice d'une « félonie » et vous avez aidé à la fuite d'un assassin, car je ne puis douter un instant que l'argent donné à Hayes par James Wilder ne provienne de votre bourse ?

Le duc fit un signe d'assentiment.

– Ceci est réellement très grave, mais ce qui vous rend encore plus coupable, c'est votre conduite envers votre fils cadet. Vous le laissez pour trois jours dans ce repaire !

– Oui, mais avec des promesses formelles.

– Quelle est la valeur de promesses faites par de pareilles gens ? Qui vous garantit qu'on ne l'enlèvera pas à nouveau ? Pour plaire à votre fils aîné coupable, vous exposez votre fils cadet, qui, lui, est innocent, à un danger imminent et superflu. C'est là un acte injustifiable.

Le fier seigneur d'Holdernesse n'était pas habitué à être ainsi traité sous le toit de ses ancêtres. La rougeur lui monta au front, mais sa conscience le rendit muet.

— Je vous aiderai, poursuivit Holmes, mais à une seule condition, c'est que vous vous bornerez à appeler un de vos gens, auquel je donnerai tels ordres que je jugerai utiles.

Sans une parole, le duc pressa le bouton électrique et un laquais parut.

— Vous serez heureux d'apprendre, lui dit Holmes, que votre jeune maître est retrouvé, et le duc vous ordonne de faire atteler, d'envoyer chercher, à l'auberge du Coq hardi, le jeune lord Saltire et de le ramener ici. Maintenant, poursuivit-il quand le valet se fut éloigné, ayant assuré l'avenir, nous pouvons regarder le passé avec plus d'indulgence. Je n'ai pas de caractère officiel, et pourvu que la justice suive son cours, je n'ai pas de motif pour raconter ce que je sais. Quant à Hayes, je n'ai rien à dire de lui. La potence l'attend, et je ne ferai rien pour le sauver. Ce qu'il racontera, je ne puis le savoir, mais sans doute Monseigneur saura lui faire comprendre qu'il est de son intérêt de rester muet. La police croira qu'il a enlevé votre enfant dans le but d'en tirer rançon, et je ne chercherai pas à la détromper, cependant je dois vous prévenir que la présence de M. James Wilder ne peut causer que des malheurs.

— Je le comprends, monsieur Holmes, et il est déjà entendu qu'il me quittera pour toujours, et ira chercher fortune en Australie.

— Dans ce cas, puisque Monseigneur m'a dit que seule la présence de James Wilder vous avait créé une situation délicate avec la duchesse, j'exprimerai respectueusement l'avis qu'il serait bon de faire amende honorable et d'essayer de reprendre avec elle la vie commune.

— Cela est déjà arrangé ; j'ai écrit ce matin à la duchesse.

— Dans ce cas, dit Holmes en se levant, je crois que mon ami et moi n'avons qu'à nous féliciter d'avoir obtenu un si heureux résultat grâce à notre visite dans le Nord. Je serais pourtant heureux d'éclaircir un autre détail. Hayes avait ferré ses chevaux avec des fers laissant l'empreinte de fers à bestiaux. Était-ce M. Wilder qui lui avait enseigné un tel moyen ?

Le duc réfléchit pendant un instant, sa figure manifesta la plus grande surprise, puis il ouvrit une porte et nous montra une vaste salle qui ressemblait à un musée. Il nous conduisit vers une vitrine et nous fit lire l'inscription suivante :

« Ces fers ont été trouvés en déblayant les fossés du château. Ce sont des fers a chevaux qui donnent l'empreinte des sabots de vaches, afin de fournir une fausse piste. Ils ont sans doute appartenu aux barons pillards d'Holdernesse du moyen âge. »

Holmes ouvrit la vitrine et, se mouillant le doigt, il le passa sur le fer. Une très légère couche de boue récente adhéra à son doigt.

– Merci, dit-il en refermant la vitrine, ceci est la deuxième découverte intéressante que j'aie faite dans le Nord.

– Quelle est la première ?

Holmes plia son chèque et le plaça avec soin dans son portefeuille.

– C'est que je suis un homme pauvre, dit-il en le tapotant affectueusement et le faisant disparaître dans les profondeurs de sa poche.